I0526731

✳E +1217
A

L'HEROS

DE

LAVRENS GRACIAN

GENTIL-HOMME

ARRAGONOIS.

Traduit nouuellement en François.

Par le Sr. Geruaise Medecin Ordinaire du
Roy, estably dans la ville & Chasteau
de Perpignan.

A PARIS,
Chez la veufue PIERRE CHEVALIER.
ruë S. Iacques, à l'Image S. Pierre.

M. DC. XLV.
Auec Priuilege du Roy.

A MONSIEVR,

Le Roy Conseiller du Roy en ses Conseils.

MONSIEVR,

La memoire de vos bien-faits me sollicitant de iour en iour à vous donner des marques de ma reconnoissance : i'ay creu ne pouuoir mieux satisfaire à cette obligation, qu'en vous presentant on Heros, dont vous possedez les qualitez. La parfaite ressemblance de vos inclinations auec les siennes, estant celle qui vous le doit rendre infailliblement recommandable, luy a auſſi perſuadé que vous le receurez comme vn autre vous meſme ; & quoy qu'il ſoit eſtranger, il n'aprehende point de ſe ietter entre vos bras, ayant pour caution de cette liberté, le fauorable acueil que vous faictes tous les iours à tant de nations eſtrangeres, & que vous careſſez auec tant d'accortiſe & de ciuilité, que c'eſt auiourd'huy le plus aſſeuré lien qui les tient attachez au ſeruice de cette couronne. Il s'eſt neantmoins traueſty à la Françoiſe, & s'eſt deffaict de ſon langage Caſtillan, pour ne point donner d'ombrage à vos tres pures intentions, & ne choquer en rien les mouuements de voſtre cœur ſi intimement vny à la conſeruation de cet Eſtat, qu'il aban-

donneroit plustost la vie que de
consentir à vne pensee Espagnolle.
Dailleurs considerant que parmy
les vertus qui rendent vostre personne illustre, vous faictes parti-
culière profession de la sincerité, il
a voulu vous imiter en elle, & faire en sorte que les parolles de sa
bouche s'accordassent auec les sen-
timens de son ame; mais ce qui
l'asseure dauantage dans son des-
guisement, & qui releue encore
plus ses esperances, est la nature
des maximes et l'excellence de la
Politique, qu'il vous presente,
dans lesquelles vous sympatisez
tellement auec luy, & paroissez si
extraordinairement consommé,
qu'il n'est personne qui n'auoüe
que cette florissante Monarchie ne

tire pas moins de seureté de vos sages & Politiques conseils, que de l'acier de vos guerriers. Ce seroit perdre le temps de vouloir prouuer vne verité si vniuersellement connuë, & ie craindrois d'offencer vostre modestie qui a tousiours esté ennemie capitalle de vos loüanges, si ie m'estendois plus au long sur ce suiect. Permettez, donc, Monsieur, que ie m'arreste à la voix publique, & pour m'obliger à ne point passer plus auant dans vn recit non moins veritable qu'auantageux à vostre gloire, fauorisez cet Heros de la protection que vous accordez de si bonne grace, à tous les honnestes gens; & me confirmez le priuilege de me pouuoir dire toute ma vie,

MONSIEVR,

Vostre tres-humble, tres obeyssant & tres fidelle seruiteur, Geruaise.

L'Autheur de la Traduction,
au Lecteur.

M Y Lecteur, les deuoirs
de ma charge me tenáts
attaché aux extremitez
de ce Royaume, parmy vn peu-
ple, où la grauité des hommes, &
la retraitte des femmes, les deux
vertus de ces contrees, rendans à
ceux de nostre nation, presque
inaccessible la conuersation des
viuans, i'ay esté contrainct de
m'addresser aux morts, pour y
trouuer quelque diuertissement:
& de faict entre le nombre des
bons liures qui sont venus à ma

connoissance, ce petit Heros a particulierement flatté ma fantaisie, & m'a tellement satisfaict, qu'en reuäche du plaisir que m'a donné sa lecture, i'ay resolu de luy faire voir la France, aux despens de mon trauail, & fauoriser cette inclination si ordinaire à tous les Heros, de voyager dans les pays estrangers. Que si tu me reproches que ie l'ay accompagné d'vne rudesse de langage qui n'a point de correspödance auec la Maiesté de tant de belles pensées, ie te prie de considerer que ie suis enuironné de l'aspreté des Pirenees, & que ie vis dans vn pays, où les ouurages de l'Academie sont aussi rares, que les beaux iours y sont communs : contente toy donc, s'il te plaist, du soin que i'ay apporté pour me rendre clair & intelligible, & fais comme le voyageur, lequel se trouuant degousté de boire d'vn ruisseau, à cause de la mauuaise qualité de ses eaux, ne laisse pourtant pas de se reposer sur son riuage, & diuertir quelque temps ses yeux & sa resuerie dans la clarté de son courant cristallin.

AV LECTEVR,

Q VE ie te deſire parfaict, i'entreprends de former vn Gean auec vn liure Nain, & en peu de parolles des actions immortelles : c'eſt vn miracle en perfection de mettre au iour vn homme accomply, & lequel n'eſtant point Roy par nature, ſurpaſſe neantmoins les Roys par ſes qualitez.

Seneque luy a donné la prudéce, Eſope la ſubtilité, Homere la vaillance, Ariſtote la Philoſophie, Tacite la Politique, & le

Comte Baltazar luy a enseigné à estre courtisan. Suiuāt ce dessein & contretirant quelques eminentes parties sur les ouurages de ces grands maistres, ie pretens d'en esbaucher vn Heros : c'est pourquoy i'ay aiusté cette petite production des plus beaux traits de ces grands esprits, & des foiblesses du mien : quelquefois il te flattera & t'aduertira, & quelquefois tu verras en luy, ou ce que tu es desia, ou ce que tu deurois estre.

Tu auras icy non seulement vne Politique; mais encore vne œconomique, & vne raison d'estat de toy-mesme, vne boussolle pour voyager à l'excellence, & vn art pour estre eminent

auec peu de regles de difcre-
tion.

Ie me fuis feruy d'vn ftile con-
cis, à caufe de la grandeur de ton
entendement, & court pour la
difette de ma penfee, & ie ne
veux point t'arrefter, affin que
tu paffes plus auant.

Extraict du Priuilege du Roy.

PAR grace & Priuilege du Roy, il est permis à la veufue Cheualier, marchand Libraire d'imprimer ou faire imprimer vn liure intitulé *l'Heros de Laurens Gracian, Traduict nouuellement en François,* & ce durant le téps de cinq années, à compter du iour qu'il sera acheué d'imprimer pour la premiere fois, & defences sont faictes à tous Libraires & Imprimeurs & autres personnes de quelque qualité & condition qu'elles soient de l'imprimer ou faire imprimer, vendre ny debiter durant ledit téps, sous quelque pretexte que ce soit sans le consentement de ladite veufue Cheualier, à peine de mil liures d'amende, confiscation des exemplaires & de tous depens dommages & interests , ainsi que plus amplement il est porté par ledit Priuilege, Donné à Paris le 12. Mars 1645. & de nostre regne le deuziesme.

Par le Roy en son Conseil.

RENOVARD

A MONSIEVR GERVAISE

sur la Traduction de son Liure,

EPIGRAMME.

TV dresse à ton Heros d'agreables
autels,
Tu luy couure le front de lauriers immortels,
Quand tu le fais sortir hors des riues du Tage.
Aussi faut qu'il auoüe auoir puisé de nous,
Ce qu'il a de plus doux:
Et son pays ingrat n'ayant pas le courage,
D'admirer son ouurage,
Pour le mieux chastier emprunte hardiment,
De ton rare sçauoir vn autre vestement.

P. Claquenelle.

AV MESME

QVATRAIN.

QVel excez de bon-heur, ô France, t'ac-
  compagne
Quel suiect n'as-tu point d'esperer cette fois !
Puis que l'vnique Heros qui fut dedans l'Es-
  pagne,
Au cœur de son pays est deuenu François.

H. L. Lacquelin.

Non erat ex omni tuus Heros parte beatus
  Affatu placidos lingua superba fugat.
Proin facis hunc Gallũ, Geruasi, gnarus ineptũ
  Heroa Herculeo durius ore loqui.

I. P.

L'HEROS
DE
LAVRENS
GRACIAN
GENTIL-HOMME
ARRAGONOIS,

Traduit nouuellement en François.

PREMIERE PARTIE.

Que l'Heros ne doit point donner à comprendre le fonds de sa capacité.

A premiere addreſſe d'vn habile homme & bien entendu, conſiſte à meſurer le lieu auec ſon artifice:

A

c'est vn coup de maistre de se
faire connoistre , mais non pas
comprendre; entretenir l'attente
& ne la démentir iamais entierement : le beaucoup, doit pro-
mettre dauantage, & la meilleure action, laisser tousiours des esperances d'vne plus grande.

L'habile homme doit empes-
cher qu'on ne luy fonde son
fonds, s'il veut qu'on le respecte:
vn fleuue est redoutable iusques
à ce que l'on ayt trouué son gué;
& vn homme pareillement ho-
noré , iusques à ce qu'on ayt
connu les bornes de sa capacité:
parce que la profondeur qui est
ignorée & presumée, a tousiours
maintenu le credit par la défian-
ce ou par la crainte, voyez qui
fera le meilleur.

C'eſt vne façon de parler fort
propre, de dire, que ce qui deſcou-
ure, commande ; la victoire ba-
lançant dés auſſi toſt de part &
d'autre, ſi celuy qui comprend
commande, celuy qui ſe met à
couuert, ne cede iamais.

L'homme bien auiſé doit faire en ſorte que ſon addreſſe ſoit
égalle à la curioſité de celuy qui
eſt attentif à le reconnoiſtre : car
cette derniere a couſtume de re-
doubler ſes efforts dans les commencemens.

Vn adroit engagé dans vn
effort, ne s'arreſta iamais au premier coup d'eſſay, il va s'enga-
geant du premier au ſecond, &
touſiours en auançant.

C'eſt vn auantage qui n'appartient qu'à l'Eſtre infiny, d'en-

cherir tous les iours sur les belles productions de sa puissance, & demeurer encor auec vn reste d'infinité: Prends bien garde à cette premiere regle de grandeur, & si tu ne puis pas estre infiny, tasche de le paroistre : car ce n'est pas vne subtilité commune.

Dans ce sentiment, personne ne fera scrupule de donner des applaudissemens au paradoxe du sage de Mitylene : la moitié est plus que le tout; parce qu'vne moitié en parade, & l'autre à couuert, est plus qu'vn tout declaré.

Ce grand Roy premier du nouueau monde & dernier d'Arragon, a esté maistre passé dans cette habilité comme dans toutes les autres, & l'a possedée auec tant d'auantage, que pas vn de tous fes fucceffeurs n'a emporté la gloire de l'auoir furmonté.

Ce Catholique Monarque te-noit fans ceffe en haleine tous les Princes de fon aage, plus par les belles qualitez qui efclattoient tous les iours dans fon efprit, que par les nouuelles couronnes qu'il ioignoit à fes Eftats.

Mais ce Prince d'incompara-ble prudence, ce grand reftaura-teur de la Monarchie des Goths, n'a iamais paru auec plus d'efclat en cette matiere, que lors qu'ef-bloüiffant les yeux mefmes de fa tres-chere efpoufe, tres-adroitte Princeffe, & enfuitte ceux de fes Courtifans fubtils à efpier fes de-portemens, & fonder la vigueur de fon ame : tantoft il fe defcou-

uroit adroitement à eux, puis se
refferroit tout à coup; tantoſt il
s'abandonnoit à leur curioſité,
puis leur tiroit accortement le
rideau, menageant ſon eſprit auec
tant de conduitte, qu'enfin de
curieux, il les rendit admirateurs.

O homme dont la paſſion ne
trauaille que pour la renommée,
toy qui aſpires à la grandeur que
tout le monde te connoiſſe, mais
que perſonne ne te comprenne!
auec cette addreſſe, le mediocre
paroiſtra beaucoup, le beaucoup
infiny, & l'infiny, dauantage.

PARTIE II.

Couurir la volonté.

ET art demeureroit dans vn rang extremement rauallé, si ordonnant à l'entendement de tenir resserrée sa capacité, il ne recommandoit aussi à la passion, de dissimuler ses saillies.

Cette partie de subtilité est tellement accreditée, que Tibere & Louys ont esleué sur elle toute la machine de leur Politique.

Tout ainsi que la precaution

A iiij

que nous apportons à couurir
noftre capacité, eft la preuue cer-
taine de noftre fuffifance, de mefme elle nous aquiert vn tiltre de
fouueraineté fur nous-mefmes,
lors que nous l'employons à cacher noftre volonté : les foiblef-
fes de la volonté font les fynco-
pes de la reputation, & fi celles-
là viennent à fe declarer, celle-cy
auorte ordinairement.

Le premier effort arriue iufques à les reprimer, le fecond à
les diffimuler. Le premier tient
plus de la valeur & ce dernier de
l'aftuce.

Celuy qui s'y laiffe vaincre, ra-
ualle la raifon à la baffeffe de la
brutalité ; celuy qui les tient en
bride, conferue pour le moins en
apparence le credit.

Penetrer la volonté d'autruy
eſt vne marque d'eminente capacité, & ſçauoir cacher la ſienne
propre, eſt vn aduantage ſans
pareil.

Donner à connoiſtre vne paſſion, eſt la meſme choſe qu'ou-
urir vn guichet à la fortereſſe de
la capacité; c'eſt là où les eſpions
Politiques dreſſent leur baterie;
c'eſt par là où ils aſſaillent le plus
ſouuent auec triomphe, les paſ-
ſions connuës; les entrées & ſor-
ties d'vne volonté le ſont auſſi.

L'inhumaine Gentilité en a
mis pluſieurs au nombre des
Dieux auec moins de la moitié
des faits heroïques d'Alexandre,
& a neantmoins refuſé à ce glorieux Macedonien, le titre d'vne
Diuinité : elle n'a pas ſeulement

marqué vne petite place dans le
Ciel à celuy qui auoit occupé
tout vn monde : d'où vient donc
tant de chicheté où il y a tant de
prodigalité?

Alexandre ternit le luftre de
fes proüeffes par le defreglement
de fes fureurs, & fe defmentit foy-
mefme tant de fois triomphant
en fe rendant à la foibleffe de la
paffion : Peu luy feruit la con-
quefte d'vn monde, s'il perdit le
patrimoine d'vn Prince, qui eft
la reputation.

L'exceffiue colere & la con-
uoitife demefurée, font les deux
efcueils de l'excellence & de la reputation.

Que l'habile homme prenne
donc garde premierement à reprimer fes paffions, s'il n'a pas la

force de les diffimuler ; mais auec
telle dexterité, qu'aucune contre-
mine ne puiffe defcouurir fa volonté.

Cette partie enfeigne à fe monftrer habile , quoy qu'on ne le
foit pas, & vient encor à paffer
plus auant iufques à cacher les
moindres defauts , eludant les
foings de ceux qui veillent pour
nous furprendre , & aueuglant
les yeux de ces Linx toufiours oc-
cupez à la defcouuerte des imperfections d'autruy.

Cette Amazone Catholique
apres laquelle l'Efpagne n'a
point eu fuiet d'enuier les Zeno-
bies, les Tomiris, & les Semira-
mis, pouuoit eftre l'Oracle de ces
fubtilitez : elle s'enfermoit dans
le temps de fes couches, dans le

cabinet le plus retiré de son Pa-
lais, où la maiesté naturelle ia-
louse de sa grauité inseparable,
mettant vn sceau aux souspirs sur
sa royalle poitrine, ne permet-
roit pas seulement qu'il en sortit
vn accent plaintif, & couuroit du
voile des tenebres, les gestes in-
decens que la violence de la dou-
leur luy pouuoit arracher: Com-
bien donc eust-elle esté scrupu-
leuse dans les occasions de l'honneur, puisqu'elle s'attachoit à tant
de contraintes, dans le rencontre
d'vne incommodité si excusa-
ble?

Le Cardinal Madruce ne quali-
fioit point de sot, celuy qui s'emporte à vne sotise; mais bien celuy là qui l'ayant commise, ne la
sçait pas estouffer.

L'homme qui a le pouuoir de
se taire, peut arriuer à cette excellence : c'est vne inclination qua-
lifiée qui se perfectionne par
l'art : c'est l'attribut d'vne Diuinité, sinon par nature, au moins
ressemblance.

PARTIE III.

La meilleure qualité d'vn Heros.

I L faut de grandes par-
ties pour composer vn
grand tout, & grandes
qualitez pour esleuer la machine
d'vn Heros.

Les passionnez donnent le

premier lieu à l'entendement,
cóme à l'origine de toute grandeur; & tout ainſi qu'ils ne font
paſſer perſonne pour grand, ſans
des excez de l'entendement; de
meſme ils ne reconnoiſſent aucun homme pour extremement
entendu, ſans grandeur.

La plus excellente de toutes les
choſes viſibles, eſt l'hóme, à rai-
ſon de ſon entendement; & en
ſuitte, ſes victoires ſont les plus
grandes.

Cette partie principalle ſe com-
poſe de deux autres, à ſçauoir
d'vn fonds de iugement & d'vne
eleuation d'eſprit, qui forment
vn prodige, s'ils ſe rencontrent
vnis enſemble.

La Philoſophie attribue auec
prodigalité, deux puiſſances à la

memoire & autant à l'entendement: fouffrez que la Politique
auec plus de raifon introduife
vne diuifion entre le iugement
& l'efprit, entre la fynderefe & la
pointe.

Cette feule diftinction d'intelligence eft à preferer à vne verité fcrupuleufe, & condamne cette grande multiplication d'efprits, comme fuperfluë & coupa-
ble des defordres qui arriue-
roient entre l'entendement & la
volonté.

Le iugement eft le throfne de
la prudence, & l'efprit la fphere
de la pointe: mais de fçauoir fi
l'eminence de l'vn doit eftre plus
eftimée que la mediocrité de l'autre, la decifion en appartient au
fentiment & à l'inclination d'vn

chacun : ie m'en rapporte à celle
qui faisoit cette priere : Mon fils
Dieu te donne du bon entendement.

La force, la promptitude, & la
subtilité de l'esprit, sont les soleils
racourcis de ce monde : ce sont
comme des estincelles pour ne
point dire des rayons de la Diuinité : tous les Heros ont participé aux excés de l'Esprit.

Les paroles sententieuses d'A-
lexandre ont fait esclatter ses
hauts faits : Cæsar fut prompt
dans la pensée comme dans l'execution.

Mais quelle apparence de pouuoir bien priser les veritables Heros ? on est en doute lequel des
deux a excedé en Augustin, où
l'Auguste Maiesté de son raisonnement,

nement, ou la pointe de sa pensée, & dans ce fameux Laurier
qu'a produit Huesca, pour seruir
de Couronne à l'Empire Ro-
main, la constance & la subtilité
ont debattu du premier rang.

Les promptitudes de l'esprit
font autant heureuses que celles
de la volonté sont infortunées:
ce sont des aisles pour voler à la
grandeur auec lesquelles plusieurs se sont remontés du centre
de la bassesse au plus haut poinct
de la splendeur.

Le grand Seigneur ayant ac-
coustumé de prendre quelquefois son diuertissement, sur vn
balçon, plustost deuant la po-
pulace de ses iardins que de celle
de la place publique, veritable
prison de sa majesté, & les fers

B

de la grandeur, commença vn
iour à lire vne lettre, laquelle les
vents, ou par raillerie, ou pour
luy faire veoir qu'il y auoit vne
souueraineté au dessus de la sienne, luy arracherent des mains &
l'emporterent parmy les feüilles.
Là dessus les pages transportés
du desir de plaire à ce grand
Prince, pousserent à l'enuie du
haut de l'escallier en bas; mais vn
d'entr'eux, Ganimede en son inuention, sceut bien trouuer vn
soustien dans la region de l'air;
il se precipite, il vole, il ramasse ce
papier, & remontoit desia quand
les autres descendoient, & ce fut
veritablement remonter; parce
que le Prince charmé par la nouueauté de cette action, l'esleua au
plus haut rang de la grandeur;

tant il eſt vray que la pointe de
l'eſprit merite d'eſtre aſſociée à
l'empire, ſi elle ne regne pas.

C'eſt elle qui eſtalle par tout
nos belles qualitez, elle publie
noſtre reputation, & releue d'autant plus ſon ſuiet, que le fondement en eſt profond.

Les rencontres ordinaires d'vn
Roy, ſont des pointes couron-
nées : les grands treſors des Monarques, ſe ſont euanouys : mais
leurs ſentences ſe conſeruent
dans le cabinet de la renommée.

Tel champion a quelquesfois
plus gaigné par vne gentile repartie, que par le fer de tous ſes
eſcadrons : la victoire eſtant la
recompenſe d'vne pointe d'eſprit.

La ſententieuſe promptitude

que fit paroiftre le Roy des Sages, & le plus Sage des Roys, fut
le different de ces deux femmes,
qui plaidoient pardeuant luy,
pour leurs enfans, a efté la trompette de fa gloire, & la pierre de
touche de fa haute fageffe : d'où
il appert que la fubtilité contri-
buë auffi à la reputation de la
iuftice.

Celuy mefme qui en eft le Soleil, prefide quelquefois dans les
tribunaux des barbares : la viua-
cité de ce grand Turc, entre en
competence auec celle de Salomon ? vn Iuif pretendoit couper
vne once de chair d'vn Chreftien,
felon les peines ordonnées, parmy cette nation contre les vfu-
riers : il infiftoit là deffus auec
autant d'opiniaftreté deuant fon

Prince, que de perfidie à ſon Dieu ; le grand Iuge commanda qu'on apportaſt la balance & le couteau, le menaçant de la mort s'il en coupoit plus ou moins, & par ce moyen il donna vn aigu trenchant au procez, & au mon- de vn miracle d'eſprit.

Cette promptitude ingenieu- ſe, eſt vn oracle dans les plus grands doutes, vne Sphinx dans les enigmes, vn filet d'or dans les Labirintes, & tient beaucoup du naturel du Lion, qui ne fait ia- mais ſes plus grands efforts que dans l'extreme peril.

Mais il eſt auſſi des prodigues d'eſprit, de meſme que de biens ; libres & auantageux de leurs pointes ; faucons baſtards pour les priſes releuées, & des aigles

B iij

pour les plus viles, picquans &
fatiriques qui ont efté petris auec
le venin, comme les cruels auec
le fang : leur fubtilité legere auec
vne eftrange contrarieté, les ra-
ualle dans l'extreme mefpris, &
les rend ennuyeux & infuporta-
bles à tout le monde.

Iufques icy font les faueurs de
la nature, d'icy en auant les perfections de l'art : cette premiere
eft celle qui engendre la pointe,
& la feconde la nourrit & l'entretient, tantoft par la fouuenan-
ce des fubtiles reparties d'autruy,
tantoft par vn foing anticipé, &
vne eftude de diuerfes remar-
ques.

Les difcours & les actions d'autruy font des femences de pointes dans vne fertile capacité def-

quelles, l'esprit s'estant rendu fecond, il vient a en produire vne abondance de subtilité.

Ie ne prens pas en main la cause du iugement ; parce qu'il parle suffisamment pour soy.

PARTIE IV.

Cœur de Roy.

A grande teste appartient aux Philosophes, la grande langue aux orateurs, la poitrine aux Atletes, les bras aux soldats, les pieds aux coureurs, les espaules aux luitteurs, & le grand cœur appartient

aux Roys : c'est vne des diuinitez
de Platon, & vn texte à la faueur
duquel plusieurs font contester
le cœur auec l'entendement tou-
chant la preeminence.

Que sert à l'intelligence de
s'auancer, si le cœur demeure en
arriere : le caprice conçoit doucement ce qui couste beaucoup au
cœur d'executer auec honneur.

Les subtilitez du raisonnement
font steriles pour la pluspart , &
si delicates qu'elles font paroistre
de la foiblesse dedans l'execution.

Les grands effets procedent
d'vne grande cause, & les exploits
extraordinaires d'vn prodige de
cœur les enfans d'vn cœur Gean,
font des Geahs : il presume tousiours des entreprises dignes de

fa grandeur, & afpire inceffam-
ment aux emplois les plus eminens.

Le cœur d'Alexandre fut tres
grand , & fe peut à bon droit
nommer le Roy des cœurs : puifque ce monde entier tenoit à
l'aife dans vn coing d'iceluy, laif-
fant encor de la place pour en
contenir plufieurs autres.

Celuy de Cefar fut encor tres-
grand, lequel ne trouuoit point
de milieu entre le tout & le rien.

Le cœur eft l'eftomach de la
fortune qui digere d'vne egalle
valeur les deux extremités : vn
grand ventre n'eft point emba-
raffé d'vn grand morceau ; il ne
fe detraque point par l'affectation, ny ne s'aigrit par l'ingrati-
tude : ce qui faoule vn nain, fait

languit de faim vn Gean.

Ce miracle de valeur, le Dau-
phin de France, nommé par apres
Charles 7. fçachant que les deux
Roys, à fçauoir, celuy de France
fon Pere, & celuy d'Angleterre
fon ennemy, auoient extorqué
du Parlement, vn arreſt par lequel il eſtoit declaré incapable
de fucceder à la Couronne des
Lis, refpondit hardiment qu'il
en appelloit : Ses amys luy de-
mandans auec eſtonnement à
qui, il repart, à la grandeur de
mon cœur, & à la pointe de mon
eſpée : le dire fut fuiuy du fait.

Le diamant dont la durée con-
teſte auec l'eternité, ne brille pas
auec plus d'auantage, au milieu
des efcarboucles deuorantes, que
fait vn maieſtueux cœur au mi-

lieu des violences d'vn peril.

L'Achille de noſtre temps Charles Emanuel de Sauoye, enfonça auec quatre des ſiens, quatre cens cuiraſſiers ennemys, & contenta les admirations de tout le monde, diſant qu'il n'y a meilleure compagnie dans le plus grand danger, que celle d'vn grand cœur.

L'excez du cœur ſupplée le manquement de tout le reſte, eſtant celuy qui aborde touſiours le premier, la difficulté, & la ſurmonte.

On preſenta vn iour au grand Roy d'Arabie, vn trenchant de Damas : la rareté d'vn preſent ſi charmant pour vn guerrier, l'obligea ſur le champ à le monſtrer à tous ſes courtiſans, leſquels ra-

uis de l'excellence de l'ouurage,
s'efforcerent à l'enuie à qui luy
donneroit le plus de loüanges, &
se seroient auancés à le iuger,
pour vn foudre d'acier, s'il ne leur
eût semblé vn peu trop court : le
Roy commanda de faire venir
son fils, le fameux Iacob Almançor, affin d'en dire son aduis : il
vient, il le considere, & dit qu'il
valoit vne cité : façon de priser
digne d'vn Prince : le Roy le
presse & demande s'il n'y trouuoit aucun defaut, il respond que
tout y estoit parfaict, mais, Prince
repliqua le Roy, tous ces Caual-
liers l'ont condamné pour estre
court; alors Almançor mettant la
main au cimeterre, commença à
dire qu'il n'y auoit point d'arme
courte pour vn vaillât Cauallier:

parce que luy faisant vn pas en
auant, son espée s'alonge suffisamment, & ce qui luy manque
de l'acier, luy est fourny par la ge-
nerosité du cœur.

La magnanimité dans les in-
iures vient à propos sur ce suiet,
& doit seruir de Laurier à la ge-
nerosité : c'est l'auguste caractere
des grands cœurs, & Adrian fit
paroistre vn excellent moyen de
triompher de ses ennemys, lors
qu'il dit au plus cruel des siens, es-
tu eschappé?

Il n'est point de loüange e-
galle à cette repartie de Louys
douziesme Roy de France : Le
Roy ne vange point les torts qui
ont esté faits au Duc d'Orleans,
ce sont là des miracles du courage d'vn Heros.

PARTIE V.

Le Goust releué.

TOute haute capacité a touſiours eſté malaiſée à contenter; le Gouſt ſe cultiue auſſi bien que l'eſprit: l'vn & l'autre releuez ſont freres gemeaux, engendrez de la capacité & coheritiers de l'excellence.

Iamais eſprit ſublime ne nourrit vn Gouſt rauallé.

Il y a des perfections qui reſſemblent au Soleil, & d'autres à la lumiere : l'aigle n'a point de honte de faire l'amour au Soleil, & le froid papillon se perd à la lueur d'vne chandelle : la hauteur d'vne capacité se mesure par l'eleuation du Goust.

C'est quelque chose de l'auoir bon, & beaucoup de l'auoir releué : les Gousts s'attachent par la communication, & c'est vn bonheur de se rencontrer auec celuy qui le possede sureminent.

Plusieurs estiment bonne fortune de iouyr de ce qu'ils desirét, condamnants pour malheureux tous les autres : mais ceuxlà retournent à deux de ieu, par la mesme raison, que l'on void la moitié du monde se rire de l'autre, auec plus ou moins de sottise.

Vn Gouſt critique & malaiſé
à ſatisfaire, eſt quelque choſe de
noble & de qualifié : les obiets les
plus accomplis le redoutent, &
les perfections les plus aſſeurées
tremblent deuant luy.

L'eſtime eſt beaucoup plus
pretieuſe que le vulguaire ne pé-
ſe, & n'appartient qu'aux Sages
de la bien meſnager : toute chicheté en monnoye d'aplaudiſſement, eſt genereuſe, & au contraire les prodigalités d'eſtime
meritent d'eſtre chaſtiées par le
meſpris.

L'admiration eſt ordinairement l'etiquette de l'ignorance,
elle ne procede pas tant de l'ac-
compliſſement des obiets, comme de la foibleſſe de nos conceptions : les perfections de premiere

miere grandeur font vniques, il
faut donc eftre extremement re-
tenu à prifer.

   Celuy qui a eu le Gouft royal,
a efté le prudent des Philippes
d'Efpagne, il eftoit accouftumé
à des obiets miraculeux, & ne fe
payoit iamais que de ce qui eftoit
merueille en fon efpece.

   Vn Marchand Portuguais luy
prefenta vn iour vn diamant O-
riental, l'abbregé de la richeffe,
& l'efclat de la fplendeur : tout le
monde eftoit en fufpens atten-
dant des admirations de Philippe : mais ils n'apperceurent que
des dédains, non que ce grand
Monarque fe pleuft à la difcour-
toifie, comme à la grauité ; mais
parce qu'vn Gouft fait aux miracles de la nature, & de l'art, ne

C

se pique pas si facilement ? que
peut donc valloir ce Diamant
pour vne noble fantaisie, dit Philippe. Sire, respond le Portuguais, les soixante & dix mil du-
cats que i'ay abbregés dans cette
rare production du Soleil, ne
doiuent point faire de mal au
cœur à personne : Philippe repart & luy demande à quoy il
pensoit, quand il le paya si cher:
ie pensois, reprit le Portuguais,
qu'il y auoit vn Philippe second
dans le monde : Le Prince se piqua plus de la pointe de l'esprit,
que de la valeur de ce pretieux
ioyau, & commanda des aussi
tost de luy payer le Diamant, &
recompenser la gentillesse de la
repartie, faisant paroistre l'auantage de son Goust, & dans le prix

& dans la recompense.

Quelques-vns estiment que
celuy là est outrageux, qui n'ex-
cede point dans la loüange, &
moy ie dirois que les excez de
loüange, sont des manquemens
de capacité, & que celuy qui loüe
demesurément, ou se mocque de
soy, ou des autres.

Le Grec Agesilas condamnoit
pour mauuais maistre, celuy qui
chaussoit à vn Pigmée le soulier
d'Encelade : aussi est-ce vne addresse de prendre la mesure au
iuste, en matiere de loüanges.

L'Europe estoit remplie des
proüesses de ce grád Duc d'Albe,
& l'estenduë de cet vniuers, ne
retentissoit que du bruit de ses
victoires, mais son Goust neantmoins n'estoit pas encor à demy

satisfait : dont la caufe paroiffant
fort eftrange à plufieurs de fes
amys, il leur dit que cette grande multitude d'exploits de guerre dans lefquels la fortune l'auoit
fauorifé, pendant le cours de
quarante années victorieufes, ne
luy fembloit encor rien, puis qu'il
n'auoit iamais eu à combattre
vne de fes prodigieufes armées
Turquefques, dont la deffaite fuft
le triomphe de la dexterité, non
pas de la force, & fon exceffiue
puiffance humiliée, releuaft d'autant plus l'experience & le merite d'vn chef : tant il faut de chofes pour fatisfaire entierement le
Gouft d'vn Heros.

Cette partie pourtant n'enfeigne pas à faire le critique : c'eft vn
déreglement infupportable : mais

bien à estre censeur tres entier,
pour donner à chaque chose lo
prix qu'elle merite : il y en a qui
rendent le iugement esclaue de
la volonté, peruertissant les offi-
ces du Soleil & des tenebres que
chaque chose soit estimée ce
qu'elle merite, à raison de ses
qualitez, sans se laisser suborner
par le Goust.

Il n'y a qu'vne grande connoissance fauorisée d'vne longue
pratique qui soit capable de donner le prix aux perfections : lors-
que le sage ne peut pas nettemét
opiner qu'il ne se precipite point,
qu'il se retienne de peur qu'il ne
découure plustost ce qui luy
manque que ce que les autres
ont de trop.

C iij

✿✿✿✿✿✿✿✿✿✿✿✿✿✿✿✿✿✿✿

PARTIE VI.

L'eminence dans ce qui est de
meilleur.

L n'appartient qu'au premier Estre de ramasser en soy toutes sortes de perfections, aussi ne peut-il point souffrir de bornes, parce qu'il n'emprunte son essence d'aucun autre.

Les belles parties ou sont données du Ciel, ou sont acquises par l'industrie ; tant moins le Ciel nous a fauorisés des naturelles, tant plus nos soings & no—

ftre diligence en doiuent acquerir, celles-là font filles de la faueur, celles-cy d'vne loüable in-
duftrie, & ne font pas d'ordinaire les moins nobles.

Il faut peu de chofes pour vn
indiuidu, & il en faut beaucoup
pour vn vniuerfel, ces derniers
font fi rares qu'on ne leur accor-
de communement aucun eftre,
que celuy qu'ils dérobent à nos
conceptions.

Celuy-là n'eft pas vnique, ny
feul qui vaut autant que plufieurs : c'eft vne grande excellence d'vn fuiet particulier, de ra-
courcir en foy vne categorie toû-
te entiere, & poffeder en propre
de quoy la pouuoir egaller : tout
art ne merite pas d'eftre eftimé,
ny tout employ ne s'aquiert du

credit, on ne condamne pas de
sçauoir tout, mais ce seroit manquer contre la reputation de pratiquer tout.

Estre eminent dans vne profession humble : c'est estre grand
dans le peu, & quelque chose
dans le rien, demeurer dans vne
mediocrité, est vniuersellement
approuué de tout le monde, mais
c'est risquer le credit de vouloir
passer à l'eminence.

Les deux Philippes à sçauoir
celuy d'Espagne, & celuy de Ma-
cedoine, ont esté forts differens
d'humeur : l'vn qui fut le premier
en tout, & le second de nom,
trouua estrange qu'vn Prince
s'occupast à chanter dedans son
cabinet, & le Macedonien donna son approbation à Alexandre,

pour entrer en lice & combattre à la course : le premier trait se
rapporte à la ponctualité d'vn
prudent, & l'autre à la negligence de la grandeur ; fur quoy Alexandre picqué de honte, repliqua qu'il eut voulu auoir des
Roys pour Antagoniftes.

Ce qui tient plus du delectable,
tient pour l'ordinaire moins de
l'Heroïque.

Le grand homme ne doit
point s'arrefter à vne ny deux
perfections, mais pouffer fon
ambition iufques à l'infiny, &
afpirer à vne plaufible vniuerfa-
lité, la perfection des connoif-
fances correfpondant à l'excellence des arts.

Vne legere connoiffance ne
fuffira non plus pour paroistre

consommé: c'est pluſtoſt la marque d'vn vain caquet, que d'vne
profonde ſcience.

   Eſtre eminent en tout ; n'eſt
pas la moindre des choſes im-
poſſibles ; non par foibleſſe de
noſtre ambition : mais par celle
de noſtre trauail , & meſme de
noſtre vie: l'exercice eſt le moyen
pour arriuer à la conſommation
de l'art que l'on profeſſe; mais le
temps eſt trop court pour le
meilleur employ , & on ſe deſ-
gouſte encor pluſtoſt dans les
longueurs d'vne ſi ennuyeuſe
pratique.

   Pluſieurs mediocrités ne ſont
pas ſuffiſantes pour compoſer
vne grandeur : vne ſeule eminence en a de reſte pour aſſeurer l'aduantage par deſſus tous les autres.

Iamais Heros n'a paru fans
poffeder vne Eminence en quelque chofe, parce que c'eft le caractere de la grandeur, & d'autant plus fon employ eft qualifié, d'autant plus de gloire &
d'aplaudiffement il emporte : l'e-
minence dans vne partie aduan-
tageufe, eft vn rayon de fouueraineté, puis qu'elle vient à pretendre quelque forte de venera-
tion.

Et fi pour gouuerner auec e-
minence vn globe de vent, on
triomphe de l'admiration, que
fera-ce de manier eminemment
vn acier, vne plume, vne verge,
vn bafton, vn fceptre, vne Tia-
re?

Ce Mars Caftillan pour lequel
on a dit Caftille des Capitaines,

si Arragon des Roys, Dom Die-
go Perez de Bargas plus chargé
de la pesanteur de ses lauriers,
que de celle de ses iours, aban-
donna la Cour pour aller à Xe-
rez ville de la frontiere : il fist sa
retraitte, mais non pas celle de sa
renommée qui s'estendoit tous
les iours de plus en plus sur le
theatre de l'Vniuers, & paruint
auec tant d'esclat aux oreilles
d'Alphonse veritablement ieune
Prince ; mais neantmoins Iuge
tres-competent d'vne eminence,
qu'elle l'obligea à se desguiser
auec quatre des siens pour l'aller
visiter.

O que l'Eminence est bien
l'ayman des volontez & le charme des affections!

Alphonse estant arriué à sa

maison, ne l'y trouua point; parceque Bargas qui estoit accou-
stumé à battre aux champs, pre-
nöit plaisir à tromper sa belli-
queuse inclination dans la cam-
pagne. Mais ce Roy qui ne s'e-
stoit point lassé d'aller de la Cour
à Xeres, ne dédaigna non plus
de s'auancer iusques à la metairie:
ce fut là où ils l'aperceurent de
loin, la serpe à la main, trenchant
la teste des vignes, auec plus de
peine qu'il n'auoit fait iadis celles
des hommes : le Roy mettant
pied à terre, commanda aussi à
les Caualiers de se mettre en em-
buscade, & suiuant Bargas à la
piste, commença luy-mesme par
vne maiestueuse galanterie, à ramasser les sarmens que ce genereux Vigneron alloit abbatant.

Bargas tournant la teste au bruit
que fit le Roy, ou pluftoft pouf-
fé d'vne fidelle infpiration de
fon cœur, reconnut fa Maiefté,
aux pieds de laquelle fe profter-
nant, il luy dit; Sire que faites-
vous icy? pourfuis Bargas, repli-
que Alphonfe, a tel vigneron,
tel ramaffeur de farmens.

O l'excellent triomphe d'vne
eminence! que l'honnefte homme s'efforce donc d'y arriuer
auec affeurance, que ce qu'il luy
couftera de peine, luy fera payé
en monnoye d'honneur & de
reputation.

Et ce ne fut pas hors de def-
fein que la Gentilité confacra le
beuf à Hercule : c'eftoit pour
nous donner à entendre que le
loüable trauail eft vne femence

qui produit les exploits glorieux, & promet vne cueillette de
renommée, d'aplaudiſſement &
d'immortalité.

PARTIE VII.

L'excellence de la Primauté.

I L y en a qui auroient
eſté des Phenix, dans
les emplois, s'ils n'a-
uoient point eſté pre-
cedés par les autres ; l'auantage
d'eſtre le premier eſt grand, & ſi
c'eſt auec Eminence, le merite en

est double : celuy qui gaigne de primauté, gaigne en egalité.

Ceux qui viennent les derniers, ne passent que pour imitateurs des deuáciers, & quelques efforts qu'ils fassent, ils ne peuuent iamais arracher cette opinion de l'esprit des humains.

Les premiers s'esleuent auec le droit d'aisnesse de la renommée, & les seconds demeurent auec le partage d'vne maigre legitime.

La curieuse gentilité ne s'est pas contentée de rendre des honneurs aux Inuenteurs des Arts, elle a passé iusques à les venerer, & a changé l'estime en culte, erreur assez ordinaire; aussi n'y a t'il rien qui puisse dignement exprimer les merites d'vne primauté.

Ceux

Ceux là se trompent, qui pen-
sent que le lustre de cet auantage
ne consiste qu'à estre le premier
dans le temps ; c'est l'Eminence
qui le donne.

La pluralité se descredite soy-
mesme , voire dans les choses
les plus pretieuses ; & aucontraire la rareté encherit vne mediocre perfection.

C'est donc vne dexterité non
commune, d'inuenter vn nouueau sentier , pour paruenir à
l'excellence, descouurir vne trace
inconnuë pour se rendre celebre :
les chemins qui y conduisent
sont diuers, mais ils ne sont pas
tous frayez : les plus nouueaux,
comme plus mal-aisez, ont ac-
coustumé de seruir d'obstacle à
la grandeur.

D

Salomon s'apliqua fagement
au gouuernement de la paix, en
cedant à fon pere, les aduantages
de celuy de la guerre, il changea
de train, & paruint auec moins
de difficulté, au predicament des
Heros.

Tibere s'efforça d'emporter
par la Politique, ce qu'Augufte
auoit acquis par la Magnanimité.

Et noftre grand Philippe gou-
uerna du throfne de fa prudence,
l'eftenduë de cet Vniuers, auec
l'admiration de tous les Siecles;
& fi Charles V. fon inuincible
Pere, fut vn prodige de courage,
Philippe l'a efté de la Prudence.

Les Soleils de l'Eglife fe font
rendus recommandables, en fe
feruant de cet auis, les vns par

vne eminente sainȼteté, & les autres par vne rare doȼtrine, celuy-
cy par sa magnificence dans les
baſtimens, & celuy-là pour auoir
fait paroiſtre la force de son Efprit, à maintenir sa dignité.

Auec cette nouueauté de def-
seins, les plus auiſez se sont touf-
jours fait place parmy les grands
Personnages.

L'Esprit ſçait bien se desgager
du train commun, ſans s'eſloi-
gner de l'Art, & trouuer dans sa
chenue profeſſion vn nouueau
paſſage à l'excellence: Horace ce-
da l'Heroïque à Virgile, &
& Marcial le Lyrique à Horace:
Terence s'adonna à la Comedie,
& Perſe à la Satyre, aſpirans tous
à la gloire d'eſtre les premiers en
leur mode, car le genereux capri-

ce ne s'eft iamais captiué à la facile imitation.

Vn galant Peintre voyant que
le Tician Raphaël, & plusieurs
autres auoient emporté l'honneur de la primauté, & que leur
renommée prenoit tous les iours
auantage de leur mort, se seruit de
son inuincible inuention, & se
mit à peindre d'vne façon grof-
siere: quelqu'vn luy demandant,
pourquoy il ne peignoit pas dans
la douceur & dans la gentillesse,
afin de pouuoir imiter le Tician;
il respondit d'vne bonne grace,
qu'il aymoit mieux estre le premier en cette mode grossiere, que
le second dans vne autre plus delicate.

Cet exemple doit s'estendre à
tous les autres employs, & tout

habile homme doit bien comprendre cette adreſſe ; car il ſuffit
dans l'eminente nouueauté, de
trouuer vn train extraordinaire,
pour arriuer à la grandeur.

***

PARTIE VIII.

Que l'Heros doit faire choix des
employs plauſibles.

Eux Cités ont donné
la naiſſance à deux He-
ros, celle de Thebes à
Hercule, & celle de
Rome à Caton : Hercule a eſté le
ſuiet des applaudiſſemens de l'V-

D iij

niuers, & Caton celuy des auer-
fions de Rome : toutes les nations ont admiré celuy-là, & les
Romains ont fuy la rencontre
de celuy-cy.

L'aduantage que Caton a emporté fur Hercule, demeure fans
controuerfe, puis qu'il l'a furpaffé
en prudence : mais auffi Hercule
a furmonté Caton en renommée.

L'employ de Caton a efté plus
difficile, & plus delicat : puis qu'il
s'adonna à domter les monftres
des paffions, & Hercule ceux de
la nature, neantmoins celuy du
Thebain a efté beaucoup plus
fameux.

La difference confifte en ce
que les entreprifes d'Hercule fu-
rent plaufibles, & celles de Ca-

ton odieuſes ; l'apparence pom-
peuſe de l'employ, porta la gloire d'Hercule, iuſques aux confins
de l'Vniuers, & euſt paſſé plus
auant, s'ils euſſent eſté plus ſpa-
tieux : la rigueur de Caton, ren-
ferma ſon renom dans les murailles de Rome.

Quelques eſprits neantmoins
aſſez iudicieux preferent le difficile employ, à celuy qui eſt plauſible, & ſe rédent pluſtoſt à l'approbation de peu de perſonnes
choiſies, qu'aux applaudiſſemens
de tout vn vulgaire.

Les emplois plauſibles ſont
appellez les miracles des igno-
rans.

Ceux qui ſont capables de
connoiſtre l'excellence d'vn haut
employ, ſont en petit nombre :

mais ce font des perfonnes eminentes, d'où vient que l'approbation en eft rare, aucontraire de
celuy qui eft facile & plaufible,
la connoiffance en eft permife à
tout le monde, & ainfi l'applaudiffement eft d'ordinaire plus
vniuerfel.

L'approbation de peu d'hon-
neftes gens eft preferable aux
fuffrages d'vne populaffe nom-
breufe.

Au refte c'eft adreffe de cher-
cher la rencontre de ces emplois
plaufibles; c'eft vn poinct de fageffe de fuborner l'attention des
hommes par l'efclat d'vne belle
entreprife : l'eminence en eft vni-
uerfellement connuë, & la reputation s'eftablit au gré de tout le
monde.

Il faut ordinairement ſuiure la pluralité des voix ; l'excellence eſt palpable dans ſemblables emplois, & quoy que les autres cóme plus delicats tiennent beaucoup du ſurnaturel, & ſemblent emporter le deſſus par vne euidence flateuſe, i'en laiſſe la deciſion au ſentiment d'vn chacun.

I'appelle employ plauſible celuy qui s'execute à la veuë de tout le monde, & auec la ſatisfaction d'vn chacun, touſiours auec fondement de la reputation, pour exclurre ces emplois, dautant plus dépourueus de credit qu'ils ſont accompagnés de trop d'oſtentation : vn farceur eſt riche d'applaudiſſement, & perit faute de credit.

Qui ſont les Princes qui occu-

pent les annales de la renommée,
sinon les guerriers, le renom de
grand leur est proprement deu,
ils rempliffent l'Vniuers d'applaudiffemens, & les liures de proüeſſes, parceque les actions de la
guerre poffedent ie ne ſçay quoy
de plus eſclattant, & de plus
plauſible que celles de la paix.

Entre les iuges, on a mis les
plus rigides Iuſticiers au rang
des immortels, parceque la Iuſtice ſans cruauté, a touſiours
eſté plus agreable au populaire,
que la trop grande compaſ-
ſion.

Dans les emplois de l'eſprit,
les inuentions plauſibles ont
touſiours triomphé : la douceur
d'vn diſcours remply de poli-
teſſe charme nos ames & flatte

nos oreilles , & au contraire la
secheresse d'vne conception Me-
taphysique, les tient à la gehenne
& les ennuye.

PARTIE IX.

De l'Empire sur soy-mesme.

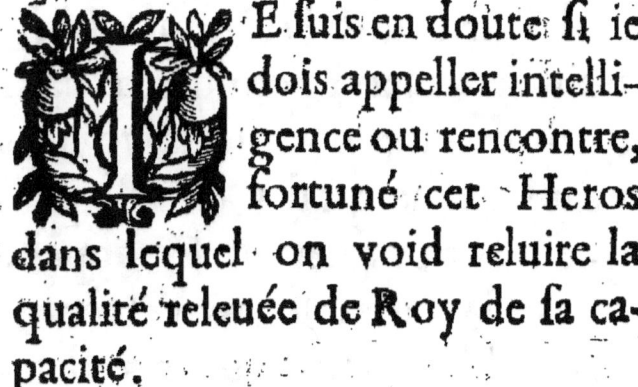

E suis en doute si ie
dois appeller intelli-
gence ou rencontre,
fortuné cet Heros
dans lequel on void reluire la
qualité releuée de Roy de sa capacité.

Le cœur regne dans les vns, la
teste dans les autres ; & ce feroit
vn haut poinct de fotife, fi celuy-
là entreprenoit d'eftudier auec la
valeur, & celuy-cy de combattre auec la pointe de l'efprit.

Que le Paon fe contente de fa
roüe, que l'Aigle fe prife de fon
vol, & ce feroit vne extrauagan-
ce monftrueufe à l'Auftruche, fi
elle afpiroit à fe guinder en l'air;
le precipice luy feroit ineuitable:
qu'elle fe confole donc auec la
beauté de fes plumes.

Il n'eft point d'homme qui ne
puiffe arriuer à l'eminence dans
quelque employ : nous voyons
neantmoins qu'il y en a fi peu,
que pour ce fuiet on les appelle
rares : la rareté les rend recommandables autant que l'excellen-

ce mefme, & ils participent à la
gloire du Phenix duquel on eſt
touſiours en doute.

Nous ne voyons perſonne qui
ſe iuge inhabile pour le plus haut
employ, mais neantmoins le
temps, quoy que ſur le tard
vient à nous deſabuſer des flate-
ries de la paſſion.

Celuy-là eſt pardonnable, qui
n'eſt pas eminent dans la mediocrité, lors qu'il eſt mediocre dans
l'eminence, mais il n'eſt point
excuſable pour eſtre mediocre
dans les choſes baſſes, quand il
peut eſtre le premier dans les ſu-
blimes.

Le Poëte Ancien nous enſei-
gna la verité, lors qu'il dit qu'il
ne faut rien entreprendre contre

le gré de Minerue : mais il n'est
chose plus difficile que d'oster à
l'esprit la creance de sa capacité.

S'il y auoit des miroirs de l'entendement comme il s'en trouue
du visage, la descouuerte de nos
manquemens, nous seroit beaucoup plus facile; le premier neantmoins doit estre le miroir de
soy mesme, mais il se falsifie ai-
sement; tout iuge de soy-mesme,
trouue bien-tost vne glose d'es-
chapatoire, & des artifices pour
déguiser sa passion.

La varieté des inclinations est
grande, c'est vn prodige delectable de la nature , elle egalle
celle des visages, des voix & des
temperamens , autant de Gousts

autant d'emplois, les plus vils &
mefmes les plus infames ont leurs
paffions, & l'inclination trouue
facile, ce que la preuoyance du
Prince le plus politique ne pour-
roit obtenir.

S'il falloit que le Monarque
fut obligé à diftribuer dans fon
Empire, les emplois mecani-
ques, & qu'il dit à l'vn, tu feras
laboureur, & à l'autre, tu feras
matelot, il n'en viendroit iamais à bout : perfonne ne feroit
content, non pas mefme du plus
honnefte employ ; & auiour-
d'huy fa propre election s'aueugle foy-mefme dans le choix du
plus commun & du plus rauallé,
tant eft grand le pouuoir de l'inclination, & fi les forces fe ioi-

gnent auec elle, il n'est rien qu'elles ne surmontent, mais d'ordinaire elles nesont pas de bon ac-
cord.

Que l'homme prudent tasche
donc de caresser l'inclination, affin de l'obliger doucement, &
sans violence à se mesurer auec
les forces, & si tost qu'il aura reconnu le talent le plus releué de
son ame, qu'il l'employe heureu-
sement.

Ce Marquis dont les faits ont
passé à sa posterité pour des prodiges, Dom Fernando Cortes, ne
fult iamais paruenu à estre l'Alexandre de l'Espagne, & le Cesar
des Indes, s'il n'eust meslangé les
emplois : les lettres ne luy pou-
uoient donner qu'vn rang fort
                    medio-

mediocre, mais les armes le rele-
uerent à la pointe de l'eminence,
puis qu'il a marché de pair auec
Alexandre, & Cesar, en parta-
geant auec eux la conqueste de
l'Vniuers.

✿✿✿✿✿✿✿✿✿✿✿✿✿✿✿✿

PARTIE X.

Que l'Heros doit sonder sa fortune,
deuant que de s'engager dans
l'employ.

A Fortune autant re-
nommée que peu con-
nuë, n'est autre chose,
parlant auec raison & en Catholique, que cette grande mere d'e-

uenemens, & grande fille de la
prouidence diuine, assistante tou-
jours à ses causes, tantost auec
volonté, tantost auee permis-
sion.

C'est cette Reyne tant souue-
raine, impenetrable, inexorable,
d'vn visage riant pour les vns, &
seuere pour les autres ; tantost
mere, tantost marastre, non par
passion, mais par les secrets d'vn
Iugement inaccessible.

C'est vne regle des grands maistres dans la science Politique, de
bien remarquer la demarche de
sa fortune, & de celle de
ses Partisans : Celuy qui l'a es-
prouuée mere, doit profiter de
ses caresses, qu'il se iette hardiment dans les grands emplois;
car comme amante, elle se laisse

flatter par la Confiance.

Cesar auoit reconnu parfaicte-
ment la sienne, lors que releuant
le courage de ce pauure Matelot,
il disoit: Ne crains pas, car tu fais
tort à la fortune de Cesar: il ne
trouua point d'Anchre plus seure
que son bon-heur, & n'appre-
henda point les vents contraires,
luy qui trainoit en pouppe les
douces haleinées de sa fortune.

Qu'importe que l'air se trou-
ble, si le Ciel est serein, que la mer
gronde, si les Estoilles rient?

Tel engagement dans vn employ a semblé à plusieurs temerité,
qui n'estoit neantmoins qu'addresse, eu esgard à la faueur de la
fortune : d'autres aucontraire
ont perdu de belles occasions de
se faire renommer, pour n'auoir

pas bien compris leur bon-heur;
il n'y a pas mefme iufques à l'a-
ueugle ioüeur, qui ne confulte le
fort deuant que de renuier.

C'eft vn grand talent que d'e-
ftre fortuné, & dans l'opinion de
plufieurs, il emporte le deffus:
quelques vns font plus d'eftat
d'vne once de bonne fortune,
que des quintaux de fageffe &
des milliers de valeur ; les autres
aucontraire qui fondent le credit dans le mal-heur comme dans
la melancholie, difent que le
bon-heur eft l'apanage des fots
& le merite des difgraciez.

Le Pere adroit raiufte auec
l'or, la laideur de fa fille; & le
bon-heur embellit prefque vni-
uerfellement la difformité de
l'efprit.

Galien a souhaité son Medecin fortuné; Vegece, son Capitaine, & Aristote son Monarque;
Il est certain que la valeur & la
fortune, les deux piuots de la
grandeur, ont tousiours esté les
parrains des Heros.

Mais que celuy qui en a res-
senty ordinairement les aigreurs
de marastre, cale voile dans les
employs; qu'il ne s'opiniastre
point; car elle a coustume d'a-
uoir des bras de plomb dans la
disgrace.

Que l'on me pardonne, si ie
desrobe sur ce suiet la pensée du
Poëte des sentences, m'obligeât
de la restituer dans le Conseil,
aux amateurs de la Prudence; Ne
sois point si temeraire que de dire, ou entreprendre de faire au-

E iij

cuue chofe, ayant la fortune contraire.

C'eft vne partie des plus con-
fiderables de cette Politique, de
fçauoir difcerner les heureux d'a-
uec les mal-heureux, afin de choquer ou ceder dedans la competence.

Soliman eut bien l'adreffe de
fçauoir preuenir la grande felicité de noftre Mars Catholique,
Charles V. afin que la valeur de-
meuraft enfermée dans fa fphere,
il la redouta plus toute feule
que tous les regimens de l'Occi-
dent vnis enfemble : que les autres prennent là deffus leurs me-
fures.

Il cala voile pour vn temps,
& bien luy en prit, non pour la
reputation, puis qu'il en quittoit

ſa part, mais pour la conſeruation de ſa Couronne.

Il n'en fut pas ainſi du genereux François premier, lequel
quoy qu'auantagé d'vne belle
varieté de ſciences, ne s'appliqua
pourtant point à la connoiſſan-
ce de ſa fortune, ny de celle de
ſon ennemy : auſſi paya-il par ſa
priſon le meſpris de cette Politique.

La fortune fauorable ou contraire s'attache ordinairement à
ceux qui nous ſeruent d'appuy,
que l'homme diſcret prenne
donc garde à ſe bien appuyer, &
qu'il ſçache retenir ou eſcarter
touſiours auec guain dans ce ieu
de triomphe.

E iiij

❧❧❧❧❧❧❧❧❧❧❧❧❧

PARTIE XI.

Que l'Heros sçache se retenir, gai-
gnant auec la bonne
Fortune.

TOutes les choses suiet-
tes au changement ont
vne augmentation de
mesme qu'vn declin : d'autres
adioustent vn estat où il n'y a
point de stabilité.

C'est affaire à vne grande preuoyance, de sçauoir preuenir l'in-
faillible declin d'vne roüe in-
quiete ; c'est la subtilité d'vn

iouëur rufé de faire retraitte fur
le guain , lorfque la profperité
n'eft qu'vn ieu, & le malheur fi
veritable.

Il vaut mieux demeurer auec
honneur, & fe retirer auec aduantage que d'attendre la reuo-
lution de la fortune, qui a cou-
ftume de nous monftrer deux vi-
fages en vn moment.

Quelques efprits choifis difent
qu'il luy manque de la conftan-
ce, ce qu'elle a trop de la femme,
& le Marquis de Marignan, ad-
ioufta pour confoler l'Empereur,
fur la retraite de Mets, qu'elle a
non feulement l'inconftance d'v-
ne femme : mais encor la legere-
té d'vne ieuneffe, en ce qu'elle fait
paroiftre fon meilleur vifage aux
ieunes gens.

Et pour moy i'asseure que ce
ne sont pas des legers changemens de femme, mais des varietez alternatiues d'vne prouidence tres iuste.

Que le Sage monstre donc en cela ce qu'il est ; qu'il se iette dans l'Asile d'vne retraitte honorable, parce qu'vne belle retraitte est aussi glorieuse qu'vn genereux combat.

Mais il y a des hydropiques du sort tousiours bruslans de la soif de l'honneur, lesquels n'ont pas la force de se surmonter euxmesmes, si la fortune les va flattant dedans leurs passions.

Prenons pour auguste exemplaire de cette belle Partie, ce grand fils aisné de la fortune, & du sort le plus grand de touts les

Charles , & mesme de tous les
Heros: ce tres glorieux Empereur couronna par vne prudente
fin tous ses fameux exploits; il
triompha de l'Vniuers auec la
fortune, & triompha par sa fin
de la fortune mesme : il sceut se
retenir & commander à son ambition , ce qui fut mettre vn
sceau à toutes ses proüesses.

D'autres aucontraire ont mis
en compromis la meilleure partie de leur reputation, par le déreglement de leurs desirs : les
grands commencemens de leur
felicité , ont abouty à vne fin
monstrueuse, ayants peu neantmoins mettre à couuert leur
honneur, s'ils se fussent seruis à
propos de cette addresse.

Vn anneau ietté dans la mer

& recouuré dans le ventre d'vn
poiſſon pouuoit donner à Poli-
crate des aſſeurances que la fortune ſeroit inſeparable de ſa perſonne , & neantmoins peu de
temps apres, la montaigne de
Micale fut le tragique theatre de
leur diuorce.

Beliſaire deuint aueugle , affin
que les autres ouuriſſent les yeux
& la Lune d'Eſpagne s'eclipſa
pour donner lumiere à pluſieurs.

Il n'eſt point d'Art qui nous
enſeigne la maniere de tâter le
poulx à la felicité, à cauſe de l'i-
negalité de ſon humeur ; nous
ſommes pourtant preuenus par
quelques marques de declin.

La proſperité ſoudaine & les
coups de bon-heur venans à la

foulle les vns apres les autres, ont
touſiours eſté ſuiets à caution,
parceque la fortune a couſtume
de nous rendre la iouyſſance de
ſes faueurs d'autant plus courte,
qu'elle s'eſt monſtrée prodigue à
nous en gratifier.

Vn bon-heur enuieilly eſt
proche de ſa fin, & l'extreme
mal-heur voiſin de ſon remede.

Le More Abul frere du Roy de
Grenade, eſtoit depuis long téps
arreſté priſonnier dedás Salobre-
gna, & réſſentoit auec tant d'ou-
trages la continuation de ſes diſ-
graces, qu'il reſolut vn iour de
les conuaincre d'inconſtance:
Pour cet effet il commença à
ioüer aux eſchecs, veritable re-
preſentation du ieu de la Fortune: à peine ſe fut-il embarqué,

que l'on vid arriuer le Courrier
de sa mort ; car cette impitoya-
ble nous suit tousiours en poste;
Abul se voyant surpris, demande
deux heures de delay ; ce barbare
Commissaire s'imagine que c'est
trop, & luy permet seulement
de mettre fin au ieu qu'il auoit
commencé. Abul continue, mais
auec tant de bon-heur, qu'il gaigne sur le champ & la vie & la
couronne; parce deuant qu'il eut
acheué, arriua vn autre Courrier
qui luy presenta toutes les deux,
de la part de la ville de Grenade,
par le deceds du Roy son frere.

Il en est autant qui ont monté
du supplice à la Couronne, comme de ceux qui ont descendu de
la Couronne au supplice : Nous

mangeons plus agreablement les bons morceaux de la Fortune, lors qu'ils font affaifonnez de l'aigre-doux d'vn peril.

La Fortune imite les Corfaires qui attendent que les vaiffeaux ayent chargé ; la contre-rufe eft d'anticiper & prendre port.

PARTIE XII.

L'Amour des peuples.

'Est peu de chose de conquester l'entende-ment, si on ne gaigne aussi la volonté, & c'est beau-coup de s'acquerir l'admiration conioinctement auec les affe-ctions.

Plusieurs maintiennent leur credit, par des entreprises esclat-
tantes,

tantes , mais non pas la bien-
ueillance.

Il faut estre né sous vne fauorable Constellation , pour estre
vniuersellement doüé de toutes
ces graces ; mais pourtant la
meilleure partie prouient de nostre industrie : d'autres raisonne-
ront au contraire , lors que les
applaudissemens correspondent
auec disproportion à vne egalité
de merites.

Ce que l'vn fait par vn ascen-
dant de nature, l'autre le fait par
vne secrete entreprise , mais i'ac-
corderay tousiours le plus aduan-
tageux party à l'artifice.

L'eminence des belles qualitez ne suffit pas pour s'aquerir
l'amour des peuples, quoy qu'elle se doit presupposer: il est faci-

F

le de gaigner la volonté, l'entendement estant suborné, parceque l'estime attire les affections.

Ce Duc de Guise autant fameux par ses malheurs que par
les riches talens dont la nature
l'auoit orné, executa heureuse-
ment les moyens pour s'aquerir,
cette commune bien-veillance. Il
deuint grand par les faueurs d'vn
Roy, & encor plus grand par les
ialousies d'vn autre; ce fut Henry
troisiesme, nom fatal pour les
Princes dans toutes les Monarchies : car les noms mesmes dans
de si hauts suiets, découurent des
oracles.

Ce Roy donc voulut sçauoir
vn iour des Seigneurs de sa Cour
de quels charmes Guise s'estoit
seruy pour enchanter ses peuples,
& par ou... ...ifices il estoit par-

uenu à cette bien-veillance populaire : vn rare courtisan & l'v-
nique de ce temps-là respondit,
Sire en faisant bien de toutes
mains, & s'efforçant que tout le
monde participe aux influences
de sa bonne volonté, quand le
pouuoir luy manque, il contente
de paroles ; si on le prie aux nop-
ces, il s'y trouue ; si on le souhait-
te pour parrain, il y côsent, s'il se
presente vn enterremen il y assi-
ste : il est courtois, humain, libe-
ral, il caresse tout le monde, & ne
mesdit de personne : en vn mot il
est Roy en apparence, comme
vostre maiesté l'est en effet.

Heureuse grace s'il l'eust alliée
auec celle de son Prince ! car elle
est entierement depourueuë de sa
beauté, si elle en est separée, quoy

F ij

que dife Baiazet que les applaudiffemens donnez au miniftre,
caufent de la ialoufie au Souuerain.

Et à dire le vray, celle de Dieu,
du Roy & des peuples font trois
graces beaucoup plus belles que
celles qui ont efté feintes par les
Anciens: elles fe donnent la main
l'vne à l'autre s'enlaffant toutes
trois d'vn neud tres ferré, & fi
quelqu'vne doit manquer, que
ce foit par ordre.

Le plus puiffant charme pour
eftre aymé, eft aymer: le vulguaire
s'emporte aueuglement dans fes
affections, de mefme qu'il eft fu-
rieux dans fa vengeance.

Le premier mobile qui le pouf-
fe apres l'opinion, eft la courtoifie & la generofité, par le moyen

defquelles Titus fut appellé les delices du genre humain.

La parole fauorable d'vn fu-perieur n'eft pas moins à eftimer que l'action obligeante d'vn e-gal, & la fimple courtoifie d'vn Prince, furpaffe le riche prefent d'vn bourgeois.

Ce magnanime Roy de Na-ples Dom Alonfe conquit les imprenables murailles de Gaiet-te, en defcendant feulement de cheual pour fecourir vn payfan il entra premierement dans les cœurs par les demonftrations de fon humanité, & des auffi-toft dans la ville, en triomphe.

Quelques efprits vn peu trop critiques ne trouuent rien de plus eminent dans les merites du grand Capitaine, ce Gean parmy

les Heros, que cette bien-veillance des peuples.

Et moy ie dirois qu'entre toutes les parties qui sont dignes de
recommandation , celle-là a esté
la plus heureuse.

Il y a vne autre bien-veillance
qui est celle des Historiens, qui
ne doit pas estre moins ambitionnée que l'immortalité , parce
que leurs plumes sont les aisles
de la renommée, & representent
les heureux succés non seulement de la nature ; mais encor
ceux de l'ame: Cet illustre Coruin
la Gloire de Hongrie auoit ac-
coustumé de dire & de pratiquer
encor mieux, que la grandeur
d'vn Heros consistoit en ces
deux choses, à sçauoir de mettre
la main aux œuures glorieuses, &

à la plume, parce que les caracte-
res d'or paſſent iuſques à l'E-
ternité.

PARTIE XIII.

De l'entregent.

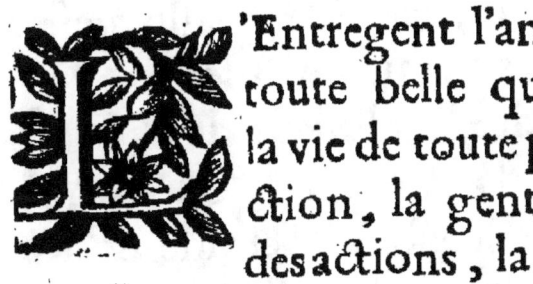'Entregent l'ame de
toute belle qualité,
la vie de toute perfe-
ction, la gentilleſſe
des actions, la grace
des paroles & le charme de tout
eſprit bien-fait, flatte doucement
l'intelligence & ſe rend preſque
inexplicable.

F iiij

C'eſt vn rehauſſement de l'excellence meſme, & c'eſt vne beauté formelle ; les autres parties ſeruent d'ornement à la nature, mais
l'entregent releue les parties meſ-
mes, de ſorte qu'il perfectionne
la perfection meſme auec vn eſclat tranſcendant, & vne grace
vniuerſelle.

Il conſiſte dans vn certain air
& dans vn agreement indicible,
autant dans les parolles comme
dans les actions, & paſſe meſme
iuſques au raiſonnement.

Il tire la pluſpart de ſes auan-
tages de la nature, quoy qu'il
ſoit redeuable à l'eſtude & à la
reflexion ; il ne s'eſt point encor
aſſuietty à aucun precepte ſupe-
rieur, quoy qu'il ſe gouuerne par
les regles de l'art.

S'il emporte les volontez, c'est vn attrait; s'il est imperceptible, c'est vn air; si le courage le pousse c'est vn ardeur; s'il esclatte en gentillesse, c'est galanterie; s'il agit auec facilité c'est addresse: car le desir & la difficulté de le bien declarer, luy ont inuenté cette varieté de noms.

On luy fait tort de le confondre auec la facilité, il la laisse fort en arriere, & s'auance iusques dans l'esclat, & quoy que tout entregent presuppose quelque dégagement, il adiouste pourtant quelque perfection.

Si les actions ont de l'esclat, elles en ont l'obligation à l'entregent: car c'est luy qui les met en leur iour, & les rend agreables à tout le monde.

Sans luy, la meilleure execution est morte, la plus grande
perfection est dégoustante, & il
ne tient pas si fort de l'accessoi-
re, qu'il ne tienne lieu de princi-
pal: il sert non seulement à l'ornement, mais il appuye encor les
affaires les plus importantes.

Parce que s'il est l'ame de la
beauté, il est l'esprit de la prudence; s'il est le souffle de la gentillesse, il est la vie de la vaillance.

Il sied egalement bien dans
vn chef à costé de la valeur, & s'en
va du pair auec la prudence dans
la personne d'vn Roy.

On ne reconnoist pas moins
l'asseurance d'vn entregent, le
iour d'vne bataille que la dexterité & la valeur: l'entregent rend
premierement vn general mai-

ſtre de ſoy-meſme, & en ſuitte de tout le reſte.

La galante aſſeurance de ce grand vainqueur de Roys, Dom Fernando de Aualos, n'a point de pareille dans l'Vniuers : que la renommée faſſe retentir ſon nom ſur le theatre de Pauie.

L'entregent fait paroiſtre autant d'ardeur à cheual, comme de maieſté ſoubs le daix : c'eſt luy qui donne de la grace dans les harangues, & anime les belles penſées des orateurs.

Cette adreſſe nompareille de ce Theſée François Henry quatrieſme, fut veritablement Heroïque, puis qu'auec le filet d'or de l'entregent, il ſceut bien ſe démeſler d'vn labyrinthe ſi embroüillé.

　　L'entregent regarde auſſi la Politique, & ſur le temoignage de ce Monarque ſpirituel de l'Vniuers, ie viens à dire, y a-t'il vn autre monde à gouuerner?

PARTIE XIV.

De l'Empire naturel.

ETTE partie s'engage dans vne qualité ſi ſubtile & ſi eſloignée des penſées du vulguaire, qu'elle ſeroit en danger d'eſtre rebutée, ſi la curioſité & l'attention ne luy seruoient de garants.

Il y a des personnes dans lesquelles on void briller vn certain empire naturel, vne secrette force dominante qui se fait obeyr sans le secours des preceptes exterieurs ny de l'artifice de l'eloquence.

Cesar estant fait captif par les Pirates insulaires, se rendit tout aussi tost leur maistre: le vaincu commandoit & les vainqueurs obeyssoient; il estoit captif par ceremonie & effectiuement souuerain.

Vn de ces hommes là fait plus d'execution auec vn seul semblant, que les autres auec tous leurs efforts: leurs raisons possedent vne vigueur occulte qui obtient plus par sympathie que par la force de la persuasion.

Le plus orgueilleux entendement fe foufmet à leur empire,
fans fçauoir de quelle forte; & le
iugement le plus libre leur rend
des hommages fans aucune con-
trainte.

Ces perfonnes ont vn grand
aduantage pour eftre parmy les
hommes, ce que font les Lyons
parmy les animaux, parce qu'ils
ont part à la qualité principalle,
qui eft la domination.

Tous les animaux reconnoif-
fent le Lyon par vn inftinct de
la nature, & luy portent du refpect, fans auoir au prealable exa-
miné fa valeur.

Il en eft ainfi du refte des hommes : ils refpectent par auance
ces Heros comme Roys de la
nature, & n'attendent pas à con-

noiftre leur merite ny leur capacité.

L'excellence de ce talent, eft
digne d'vne couronne, & fi elle
eft iointe auec vne Eminence
d'entendement, & vne grandeur
de courage, il ne manque plus
rien pour former vn premier
mobil Politique.

Cette qualité dominante s'eft
veuë logée dans vn throfne en la
perfonne de Dom Hernando
Aluarez de Tolede, plus Seigneur par les dons de nature, que
par les aduantages d'vne faueur
humaine; il fut grand & eftoit
né encor pour eftre plus grand,
n'ayant iamais pû non pas mefme en fon parler, retenir cette im-
perieufe inclination.

Elle eft fort differente d'vne

grauité empruntée & d'vn ton
de voix affecté qui eft la chofe la
plus odieufe qui foit au monde,
& quoy qu'elle femble plus fu-
portable lorfqu'elle eft naturelle,
elle approche pourtant de l'im-
portunité.

Au refte la deffiance qu'elle a
de foy-mefme & de fon propre
merite, luy forme des oppofitiós
à fes deffeins, & s'il arriue qu'elle
perde tout à fait la confiance, elle
s'abandonne aux mefpris de tout
le monde.

C'a efté vn aduis digne du
grand Caton, & vne penfée for-
table à fa feuerité, qu'vn homme
doit non feulement fe porter du
refpect, mais encor de la crainte.

Celuy qui perd la crainte qu'il
fe doit

se doit à soy-mesme, lasche la
bride aux autres & facilite leur
liberté par la sienne propre.

PARTIE XV.

De la Sympathie sublime.

'EST vne Partie digne
d'vn Heros, d'auoir de
la sympathie auec les
Heros.

Il suffit à vne plante de sym-
pathiser en quelque chose auec
le Soleil, pour s'esleuer à vne hau-

G

teur de Gean , & faire paſſer ſa
fleur pour la couronne des iardins.

La ſympathie eſt vn des prodiges cachez de la nature , mais
ſes effects ſont la matiere de l'e-
ſtonnement & le ſuiet de l'admiration.

Elle conſiſte dans vn parentage des cœurs, de meſme que l'antipathie dans vn diuorce des vo-
lontés.

Quelques vns tirent ſon origine de la correſpondance dans
les temperamens , & d'autres de
l'alliance auec les aſtres.

Celle-là aſpire à faire des miracles, & celle cy des monſtruo-
ſitez. les prodiges de la ſympathie ſont ceux que l'ignorance
commune reduit aux charmes,

& les esprits vulguaires aux en-
chantemens.

La plus accomplie perfection
souffre des mespris de l'antipathie, & la plus difforme laideur
est vniquement cherie de la sympathie.

Elles s'emancipent de porter
leur iurisdiction entre le pere &
le fils : elles font voir tous les
iours des effets de leur puissance,
foullant aux pieds les loix, & bra-
uant insolémment les priuilèges
de la nature & de la politique:
vne antipathie oste les royaumes
& vne sympathie les donne. Si
Il n'est rien que les merites de
la sympathie ne surmontent: elle
persuade sans eloquence, & obtient tout ce qu'elle desire, en re-
presentant les marques d'vne
G ij

conuenance naturelle.

L'eminente sympathie est vn
charactere & vne constellation
qui nous dispose aux qualitez
des Heros; mais il s'en trouue
qui ont le naturel de l'ayman, qui
entretient vne antipathie auec le
diamant, & vne sympathie auec
le fer; estrange frenesie de porter son appetit sur vn rebut de
nature, & ne pouuoir souffrir
l'esclat d'vne beauté.

La conduite de Louys vn-
ziesme estoit aussi extraordinaire
que les inclinations de son ame:
il auoit vne antipathie contre la
grandeur plus par nature que par
artifice : & s'ecartoit bien souuent de la veritable Politique,
pour vouloir trop raffiner dans
ses maximes.

La sympathie actiue releue
grandement son suiet, si elle est
sublime, & encor plus la passiue
si elle est Heroïque : elle est plus
pretieuse que la grande pierre de
l'anneau de Gyges, & surpasse
en vertu les chaisnes du Thebain.

Il est facile d'auoir inclination
pour les grands hommes, mais
il en est peu qui leur ressemblent:
le cœur enuoye bien souuent ses
élans, & la conscience souspire,
mais ils ne sont point secondez
par la suitte des actions : dans
l'eschole de l'amour, la premiere
leçon est de la sympathie : c'est
donc vn trait d'esprit iudicieux
de connoistre parfaittement la
sympathie passiue, pour en tirer
auantage ; il se faut seruir de ce

G iij

charme naturel, & auancer par
l'art ce que la nature a commencé.

Et c'est aussi vne opiniastreté
autant indiscrette comme inutile,
de pretendre rien faire, sans cette
faueur de nature, & c'est en vain
que l'on s'efforce de conquerir
les volontez, sans estre muny de
sympathie.

Mais celle qui se rencontre
dans la personne d'vn Roy, se
peut dire la Reyne de toutes les
belles parties, elle passe les termes
du prodige : c'est vne base qui a
tousiours seruy à esleuer vne immortalité sur les fondemens d'v-
ne bonne fortune.

Cette auguste qualité demeure quelques fois amortie, si elle
n'est animée par le doux vent de

la faueur : l'ayman n'attire point
le fer audelà des limites de fon
reffort, ny la fympathie ne peut
non plus agir dehors la Sphere
de fon actiuité : la condition
principale eft l'approchement,
mais non pas l'interpofition.

Vous qui afpirez aux qualitez
des Heros, redoublez icy vos at-
tentions ; car cette partie fait e-
clatter fon fuiet, comme vn Soleil
dedans fon Orient.

G iiij

PARTIE XVI.

Renouuellement de grandeur.

Es premiers emplois feruent de preuue à la valeur: noſtre reputation prend ſa naiſſance de leur eſclat, & noſtre capacité ne ſe meſure que par leurs ſuccez.

Des miracles dans les progrez ne ſont pas ſuffiſans pour rehauſſer des commencemens vulguaires, & quelques efforts que l'on faſſe par apres, ce n'eſt touſiours que rabiller le paſſé.

Vn commencement esclattant a cela de propre, qu'il entraine apres soy les acclamations de tout le monde, & engage la valeur à de plus hautes entreprises.

Le soupçon, en matiere de reputation dans les commencemens, tient de la nature de la predestination : car si vne fois il auoisine le mespris, la disgrace en est irreparable.

Qu'vn Heros s'esleue donc auec l'esclat d'vn Soleil, qu'il s'attache tousiours aux grandes entreprises, mais sur tout dans les commencemens : vn employ commun ne peut pas aquerir vn credit extraordinaire non plus qu'vn Pigmée passer pour vn Gean.

Les commencemens aduanta-

geux feruent de caution à l'opinion , & ceux d'vn Heros doiuent butter cent lieües plus loing
que les proiets d'vn vulguaire.

Ce Soleil des Capitaines & ce
General des Heros , le Comte
Heroïque de Fuentes nafquit
aux applaudiffemens auec vne
demarche de Soleil, lequel pa-
roift vn Gean de lumiere dedans
fon Orient.

Sa premiere entreprife pouuoit feruir de bornes aux ambi-
tions d'vn Mars : il ne fit point
d'apprentiffage de renommée,
mais il paffa maiftre dés le premier iour dans l'immortalité.

Il affiegea Cambray contre le
fentiment de tous les autres Capitaines , parce que la force de

ſon eſprit eſtoit auſſi extraordinaire que celle de ſon courage : il
fut pluſtoſt connu pour Heros,
que pour ſoldat.

Il faut de grands aduantages
pour ſe dégager auec honneur
d'vne grande attente : celuy qui
eſt Spectateur conçoit haute-
mét, parce qu'il luy couſte moins
d'imaginer les beaux exploits,
qu'à celuy qui les execute de les
mettre en œuure.

Vn exploit ineſperé a ſemblé
plus qu'vn prodige preuenu par
l'attente.

Vn cedre croiſt beaucoup plus
dans l'eſclat d'vne ſeule aurore
que l'hyſſope dans l'eſpace de
tout vn luſtre, parce que des
commencemens vigoureux font
eſperer des hauteurs de Gean.

Vne maxime dans antecedent traine apres foy de grandes conſequences : la faueur de la fortune ſe declare, la grandeur de la capacité, l'applaudiſſement general & la bien-veillance vniuerſelle.

Mais les commencemens vigoureux ne ſont pas ſuffiſans, ſi les progrés témoignent de la foibleſſe : Neron commença auec des applaudiſſemens de Phenix, & finit auec des horreurs de Baſiliſc.

Si des extremitez diſproportionnées viennent à ſe ioindre par enſemble, il n'en peut reüſſir que quelque choſe de monſtrueux.

Il eſt auſſi malaiſé d'accroiſtre le credit, comme de le faire nai-

ftre : la reputation s'entieillit &
l'applaudiffement eft periffable,
ainfi que le refte des chofes, parce que les loix du temps ne con-
noiffent point d'exception.

Les Philofophes ont remar-
qué des tares de vieilleffe dans le
plus grand de tous les luminaires,
& quelques decadences dedans
fon brillement.

C'eft donc vn trait autant digne d'vn Aigle comme d'vn Phenix, de renoueller la grandeur,
de faire renaiftre la reputation, &
reffufciter l'applaudiffement.

Le Soleil diuerfifie les orizons
à fes iours, & change de theatre
à fes feux, affin que la priuation
dans l'vn & la noueauté dans
l'autre, entretiennent fans ceffe
l'admiration & le defir.

Les Cefars retournoient à l'Orient de leur fiege imperial, apres auoir illuftré tout l'Vniuers par leurs victoires, & recommançoient à chaque fois comme de nouueau, à eftre Monarques.

Le Roy des metaux paffant d'vn monde à vn autre, a paffé en mefme temps de l'extremité du mefpris à celle de l'eftime.

La plus grande perfection perd de fon prix pour eftre trop commune, fon obiect faoule bien-toft nos defirs & dégoufte nos enuies, s'il eft iournalier.

PARTIE XVII.

Toute qualité sans affectation.

 L n'y a sorte de qualité d'excellence ny de perfection qui ne doiue seruir d'ornement à vn Heros, mais il n'en doit affecter aucune.

L'affectation est le contrepoids de la grandeur : elle consiste dans vne loüange tacite de soy-mesme, & si quelqu'vn nous loüe, le plus asseuré remede est de nous blasmer.

La perfection doit ſe trouuer
en nous, & la loüange dans autruy, & c'eſt vn chaſtiment tres
iuſte, que l'homme qui fait men-
tion impertinemment de ſoy-
meſme, ſoit mis en oubly diſcret-
tement par les autres.

Il n'eſt rien de plus dégagé de
la ſeruitude que l'eſtime, elle ne
s'aſſuiettit à aucun artifice, & encor moins à la violence : elle ſe
rend pluſtoſt à vne eloquence
muette des qualitez, qu'à vne
vaine oſtentation.

Vn peu d'eſtime de ſoy-meſme empeſche beaucoup d'applaudiſſement d'autruy.

Tous les hommes d'eſprit iu-
gent la qualité affectée pluſtoſt
pour violente que pour naturelle, pluſtoſt pour apparente que
pour

pour veritable, & ainſi elle perd beaucoup de ſon prix.

Tous les Narciſſes tiennent de la folie : mais ceux de l'eſprit y participent dauantage, & leur maladie eſt d'autant plus incurable qu'elle conſiſte entierement en ſon remede.

Que ſi l'affectation des qualitez eſt vne folie, au huictieſme degré, il n'en reſtera aucun à l'affectation des imperfections.

I len eſt d'autres qui penſans fuyr l'affectation, ſe precipitent dans le centre d'icelle : puis qu'ils affectent de ne paroiſtre pas affectez.

Tibere affecta la diſſimulation, mais il ne ſceut pas bien diſſimuler qu'il eſtoit diſſimulé : la perfection d'vn art conſiſte à le

H

bien deguifer, & l'excellence de
la plus grande fineffe, à la couurir par vne autre plus grande.

Celuy-là eft doublement
grand, lequel poffedant en foy
toutes les perfections, ne fait
pourtant pas femblant d'en eftimer aucune ; il reueille l'attention de tout le monde par vn
genereux mefpris , & faifant luy
mefme l'aueugle dans fes pro-
pres vertus , il fait naiftre des
yeux d'Argus, à ceux qui le con-
fiderent.

Cette ingenieufe conduitte fe
peut bien appeller la merueille
des addreffes : car fi les autres
acheminent à la grandeur par
des voyes extraordinaires , celle-
cy nous porte au trofne de la re-

nommée & au comble de l'immortalité par vn chemin tout
contraire.

PARTIE XVIII.

Emulation des idees.

L A plus part des He-
ros n'ont point eu
d'enfans, au moins
qui ayent participé
aux qualitez Heroï-
ques ; mais pour cela les imitateurs ne leur ont pas manqué ; il
semble que le Ciel les a propo-

fez pluftoft pour exemplaires de
la valeur que pour propagateurs
de la nature.

Les hommes eminens font des
liures animez de la reputation,
defquels il faut tirer des leçons
de grandeur, repetant leurs a-
ctions, & interpretant leurs exploits.

Il fe faut propofer les premiers
dans chaque predicament, non
pour les imiter fimplement: mais
pour afpirer auec ialoufie à leur
g'oire, non pour les fuiure, mais
pour les deuancer.

La memoire d'Achille fut vn
puiffant refueil pour Alexandre,
lequel s'eftant endormy dans le
tombeau de ce fameux guerrier,
fe fentit extraordinairement pi-
qué de l'emulation de fa gloire:

ce genereux Macedonien ouurit
egalement les yeux & aux lar-
mes, & à l'eſtime, & pleura non
pour voir Achille dans le tombeau : mais pour ſe ſentir encor
ſi reculé de ſa renommée.

Alexandre engagea en ſuitte
Ceſar dans la meſme emulation,
& ce que fut Achile pour Alexandre, Alexandre le fut pour
Ceſar : il le piqua au vif dans la
generoſité de ſon cœur, & paſſa
ſi auant qu'il mit la reputation
en controuerſe, & fit entrer la
grandeur en comparaiſon, parce
que ſi Alexandre changea l'O-
rient en vn theatre de proüeſſes,
Ceſar en fit de meſme de l'Occi-
dent.

Le magnanime Dom Alonſo
Roy d'Arragon & de Naples,

H iij

auoit accouftumé de dire qu'vn
courageux cheual n'eft pas plus
animé par le fon de la trompette,
qu'il fe fentoit enflammé au recit de la reputation de Cefar.

Et il eft à remarquer comme
ces Heros vont heritans auec l'e-
mulation la grandeur, & auec la
grandeur la renommée.

Dans toutes fortes d'emplois,
il y en a qui occupét les premiers
rangs, de mefme que les derniers:
les vns font les miracles de l'excellence, & les autres le contre-
pied des miracles : que le difcret
fçache donner à propos à vn chacun le degré qu'il merite, & que
pour cet effet, il apprenne par
cœur la categorie des Heros, &
repaffe fouuent par fon efprit les
roolles de la renommée.

Plûtarque a fait dans ses parallelles, la table des Heros des siecles passez, & Paul Ioue dans ses
eloges, la liste des modernes.

PARTIE XIX.

Paradoxe Critique.

Ncore que l'Heros soit
à couuert de l'ostracis-
me d'Athenes, il court
risque d'estre censuré par les Critiques de ce temps.

La vigueur de ceux-là l'enuoy-
ra dés aussi-tost en Exil : mais ce
ne peut estre que dans le ressort
de la renommée, & aux confins
de l'immortalité.

H iiij

Ce Paradoxe le condamne de
crime, fans neantmoins faillir:
c'eft vne perfection Critique de
broncher legerement dás la prudence, ou dedans la valeur, pour
entretenir l'enuie & nourrir la
mauuaife humeur de la maligni-
té.

Les Critiques eftiment qu'il
eft impoffible de les euiter, non
pas au plus accomply de tous les
hommes, parce que ce font des
harpies fi affamées qu'elles ont la
hardieffe de mettre la dent fur les
proyes les plus releuées, lorfque
les plus viles leur manquent.

Il eft des intentions detrem-
pées d'vn venin fi fubtil, qu'elles
fçauent transformer les plus
belles qualités, donner vn autre
vifage aux perfections, & vne fi-

niftre interpretation aux entreprifes les plus glorieufes.

De forte que ce doit eftre vne
rufe politique de confentir à
quelque faute legere, pour donner dequoy ronger à l'enuie, &
diuertir le venin de l'emulation.

Elle paffera encor pour vn te-
riaque Politique & pour vn con-
trepoifon de prudence, puifque
naiffant d'vne indifpofition, elle
a pour effet la fanté, elle garanti-
ra le cœur en s'expofant à la mé-
difance & attirant à foy tout le
venin.

Et enfin nous voyons qu'vn
egarement de nature augmente
bien fouuent la perfection d'vne
beauté, & qu'vne mouche bien
appliquée rehauffe l'efclat d'vn
beau vifage.

Il y a des manquemens sans defaut, Alcibiades en affecta quelques-vns dans la valeur, & Ouide
dans les traits de l'esprit, les ap-
pellant les cauteres de la santé.

Mais cette partie me semble
superfluë, & plustost vne delicate
ceremonie d'vn homme qui a
bonne opinion de soy-mesme,
que non pas vn trait de discre-
tion.

Qui est le Soleil sans eclipse, le
diamant sans paille, & la rose sans
espines?

Il ne faut point d'artifice où la
nature suffit, & l'affectation est
superfluë, où la negligence est
bien-seante.

DERNIERE PARTIE.

Le plus excellent ioyau de la Cou-
ronne d'vn Heros.

Oute lumiere descend de celuy qui en est le pere, & si de pere en fils la vertu est fille de la lumiere se-courante, elle est aussi heritiere de la splendeur: le peché est vn mon-stre que l'aueuglement a auorté, c'est pourquoy il est heritier des tenebres.

Tous les Heros ont autant participé à la grandeur comme à la vertu, parce qu'elles marchent sur des lignes parallelles, depuis la naissance, iusques à la mort.

L'vne s'eclipſa dans la perſonne de Saül auec l'autre, & cómencerent toutes deux à paroiſtre egallement en celle de Dauid.

Conſtantin a eſté le premier entre les Ceſars qui a porté le nó de Grand, & a eſté coniointemét le premier Empereur Chreſtien; c'eſt l'oracle qui a declaré le parentage entre la grandeur & les vertus Chreſtiennes.

Charles Empereur des François acquit le meſme renom & aſpira à celuy de ſaint.

Le tres glorieux Roy Louys a eſté la fleur des ſaints & des Roys.

En Eſpagne nous ſçauons que Fernand de Caſtille appellé dans ce Royaume communement le ſaint, a eſté l'vn des grands de l'vniuers.

Le Conquerant d'Arragon a
consacré autant de temples à
l'imperatrice des Cieux qu'il a
conquis de chasteaux.

Les deux Roys Catholiques
Fernand & Isabelle, ont esté non
plus outre, c'est à dire les colom-
nes de la Foy.

Le bon, le chaste, le pieux, le
zelé des Philippes d'Espagne a
conquis vn des plus nobles sieges
de l'empirée, sans perdre vn poul-
ce de terre, & il est vray qu'il a
plus vaincu de monstres auec sa
vertu que l'inuincible Hercule
auec sa massuë.

Entre les Capitaines Godefroy
de Buillon George Castriot, Ro-
drigues Dias de Viuar, le Grand
Gonçales Fernandez, le premier
de sainte croix, & la terreur des
Turcs, le Serenissime Seigneur

Dom Iean d'Auſtriche, ont eſté des miroirs de vertu, & des temples de la pieté Chreſtienne.

Entre les Heros de l'Egliſe, les deux premiers auſquels la grandeur a donné le ſurnom, à ſçauoir Gregoire & Leon, ont tiré leur plus grand luſtre de la ſainteté.

S. Auguſtin meſme le Soleil des eſprits, rapporte toute la grandeur des gentils & des infidels, au fondement de quelques vertus morales.

La grandeur d'Alexandre ſe borna lorſque ſes vertus cómencerent à diminuer, & Hercule ceſſa de ſurmonter les monſtres indomptables, lors qu'il ſe rendit partiſan du vice, & ſe fit tributaire de l'impudicité.

La iuſtice de la fortune a eſté auſſi cruelle enuers les deux Ne-

rons, qu'ils se monstrerent tyrans
de leurs vassaux.

Sardanapale, Caligula & Rodri-
gue ont esté des monstres de lasci-
ueté & de bassesse de courage, de
mesme que des suiets d'vn prodi-
gieux chastiment.

Cette partie se rend aussi remar-
quable dedans les monarchies.

Celuy qu'on peut nommer la
fleur des Royaumes, a maintenu sa
vigueur, pendant que la pieté & la
religion y ont fleury, & sa beauté
s'est veuë flêtrie par les desordres de
l'heresie.

La Reyne des Prouinces trouua
son tombeau dans le feu de Rodri-
gue, & vint à renaistre dans la pieté
de Pelage ou dás le zele de Fernand.

La tres auguste maison d'Austri-
che s'est renduë la merueille des fa-
milles, en fondant sa grandeur sur

celle qui eſt l'abregé des miracles
diuins, & ſignala ſon ſang imperial
par ſes religieux deuoirs enuers celuy de noſtre Dieu, dans le ſainct
Sacrement de l'Autel.

Vous donc eſprits iudicieux qui
pretendez aux qualitez des Heros,
remarquez le plus important talent, attachez vous à la plus con-
ſtante Politique.

La grandeur ne ſe peut fonder
dans le peché, qui eſt vn rien, mais
en Dieu qui eſt le tout.

Si l'excelléce mortelle eſt à deſirer,
l'eternelle doit eſtre ambitionnée.

C'eſt bien peu ou pluſtoſt rien
que d'eſtre Heros de ce monde, &
c'eſt beaucoup de l'eſtre du Ciel, au
grand monarque duquel ſoit don-
née la loüange, l'honneur & la
gloire.

FIN.

INVE

*E.